琴寂

幽韵雅集·古诗词选

朱弦已为佳人绝

唐婷婷 编著

陕西新华出版传媒集团
太白文艺出版社

图书在版编目（CIP）数据

琴寂 ：朱弦已为佳人绝 / 唐婷婷编著 . -- 西安 ：太白文艺出版社，2020.9
（幽韵雅集·古诗词选 / 李路主编）
ISBN 978-7-5513-1861-7

Ⅰ . ①琴… Ⅱ . ①唐… Ⅲ . ①古典诗歌—诗集—中国 Ⅳ . ① I222

中国版本图书馆 CIP 数据核字（2020）第 135328 号

琴寂：朱弦已为佳人绝
QINJI:ZHUXIAN YI WEI JIAREN JUE

主　　编　李　路
作　　者　唐婷婷
责任编辑　李明婕　张　鑫
装帧设计　钟文娟　刘昌凤
出版发行　陕西新华出版传媒集团
　　　　　太白文艺出版社
经　　销　新华书店
印　　刷　河北环京美印刷有限公司
开　　本　787mm × 1092mm　1/32
字　　数　76 千字
印　　张　6.5
版　　次　2020 年 9 月第 1 版
印　　次　2020 年 9 月第 1 次印刷
书　　号　ISBN 978-7-5513-1861-7
定　　价　49.80 元

联系电话：029-81206800
出版社地址：西安市曲江新区登高路 1388 号（邮编：710061）
营销中心电话：029-87277748　029-87217872

总序

行幽韵之事，博雅趣之长

李路

有书云：香令人幽，酒令人远，茶令人爽，琴令人寂，棋令人闲，剑令人侠，杖令人轻，麈令人雅，月令人清，竹令人冷，花令人韵，石令人隽，雪令人旷，僧令人淡，蒲团令人野，美人令人怜，山水令人奇，书史令人博，金石鼎彝令人古。

说尽世间之『韵』事也。

古典诗词蕴含着中华民族千年文化的基因，从中国诗歌的滥觞《诗经》开始，绵延不绝，形成了楚辞、唐诗、宋词、元曲等一座座高峰。这些跨越千年的文字，如那亘古沉静的璀璨星辰，点亮中华文明的发展历程，使之流光溢彩、熠熠生辉。

曾几何时，我们跟随苏子瞻共吟『莫听穿林打叶声，何妨吟啸且徐行。竹杖芒鞋轻胜马，谁怕？一蓑烟雨任平生』，千古洒脱、百世豁达；跟随李太白同问『青天有月来几时，我今停杯一问之』，豪放俊迈、浪漫飘逸；跟随王摩诘共奏『独坐幽篁里，弹琴复长啸』，诗卷漫天，物我两忘；跟随李易安同叹『醉里插花花莫笑，可怜春似人将老』，真挚庄雅，婉丽哀伤；跟随纳兰容若共愁『西风多少恨，吹不散眉弯』，哀感顽艳，格高韵远……这些熟悉的文字，勾勒出一圈圈唯美的时光年轮，伴随我们安静地与岁月对话。

古人善雅事，『纸帐梅花，休惊他三春清梦；笔床茶灶，可了我半日浮生』『灯下玩花，帘内看月，雨后观景，醉里题诗，梦中闻书声，皆有别趣』。

据此，择香、酒、茶、琴、棋、剑、杖、麈、月、竹、花、

石、雪僧、美人、山水、书史、金石相应清诗雅词，辑为小集，名『幽韵雅集』，行幽韵之事，博雅趣之长。让我们在这些文字中赏松阴花影的静谧，山月美人的清魂，拨弦烹茶的惬意，采菱秋水的灵动。听琴声悠扬，行笔墨流转，品人间雅趣。

三千年来的古诗词，浩如烟海，编者在辑选过程中，以意境美、文字美、韵律美为择选的标准。在鉴赏时，不求全析，只求共鸣，用感发人心的淡美文字对其解析。本辑精选齐白石、吴湖帆、溥儒、石涛、傅抱石、黄宾虹、于非闇、陈少梅、张石园、吴昌硕等大师的绘画作品，文、图、鉴意境融合，辉映共生。同时，编者严选底本，精心校注，展现经典本来的面貌。

在编排过程中，本辑提取诗词名字的首字部首，

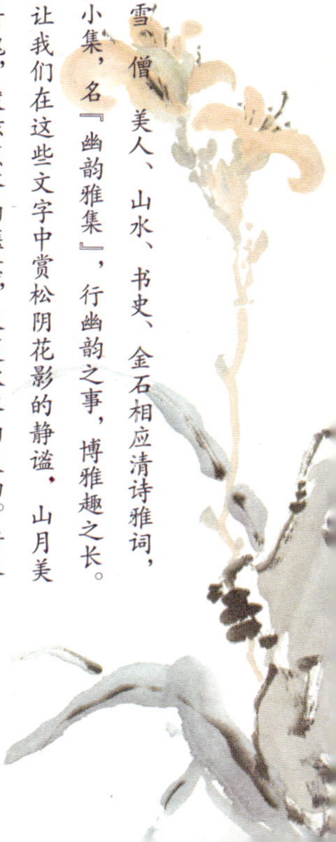

并依据《汉字部首表》，按照笔画数由少到多的次序进行排序。但因编排体例的限制，笔画数相同的以及起笔笔形相同的，不再遵循横（一）、竖（丨）、撇（丿）、点（丶）、折（乛）的顺序排列，而按照各诗词不同意境依次排序。

因能力有限，在成书过程中，未免有鲁鱼亥豕之讹，敬请各位读者不吝指正。

二〇二〇年五月

自序

中国自古就是礼乐之邦，而古人们对于琴又有着一种特殊的偏爱。古琴之于古人，不仅仅是一种乐器，也是寄托内心世界的媒介，也代表了一个人的情操与美德。

古人弹琴，未必要弹给他人听，更多的是与自己对话：『自弄还自罢，亦不要人听。』或许，他只是为了打发闲散时光，聊以自遣，『饮酒横琴销永日，焚香读易过残春。』或许，他是在一个孤寂的夜晚辗转难眠，唯有一张素琴陪伴与抚慰那颗孤独、不安的心，『夜中不能寐，起坐弹鸣琴。』又或许，他心中虽有万千愁绪，却终究无法宣之于口，只能将一腔心事寄托于琴音中，『阑珊心绪，醉倚绿琴相伴住。』在这些时刻，琴更像一个陪伴者，可以抚慰人心，疏解心结。除了自我消遣，古人们还爱以琴会友、以琴传心。弹

琴之人最大的心愿便是觅得一知音，而知音却最是难得，因此诗人们总会感叹：『欲将心事付瑶琴。知音少，弦断有谁听。』含蓄、内敛的古人们还喜欢用琴音表达相思，将那些深藏心底的思念弹进琴音里：『将琴代语兮，聊写衷肠。』

很多时候，古人们还会用琴来代表一个人的志向与情操，也用来表达对归隐山林的向往。于是就有了苏轼的慨叹：『几时归去，作个闲人。对一张琴，一壶酒，一溪云。』

听琴，留下的不仅仅是音乐，还有流传千古的诗篇。

二〇二〇年五月

目录

·一笔画·

·三笔画·

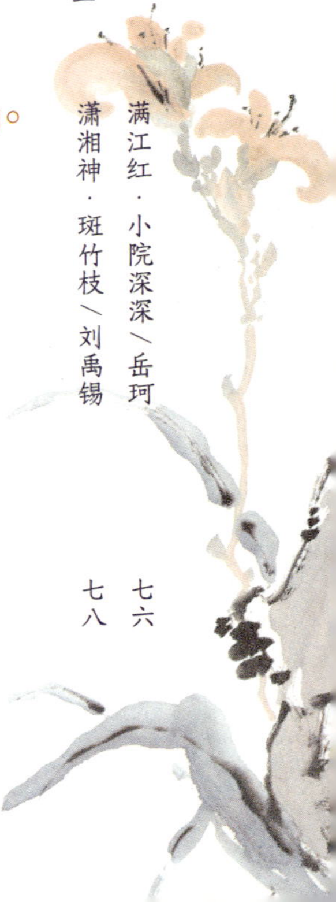

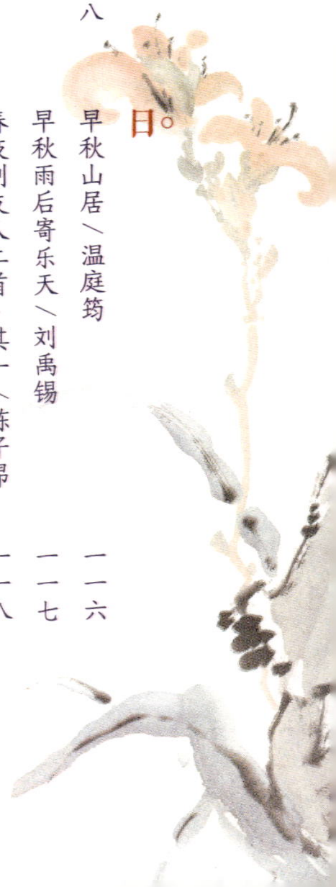

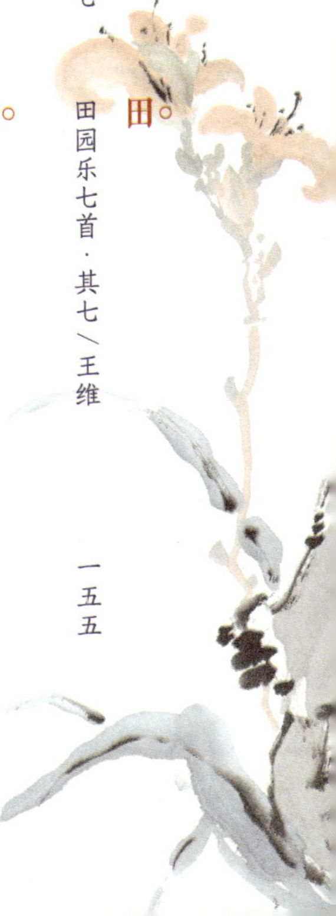

·七笔画·

·八笔画·

琴寂

朱弦已为佳人绝

琴寂

琴令人寂

◎千秋岁·楝花飘砌

【宋】谢逸

楝花飘砌，蔌蔌清香细。

梅雨过，萍风起。情随湘水远，

梦绕吴峰翠。琴书倦，

鹧鸪唤起南窗睡。

密意无人寄，幽恨凭谁洗。
修竹畔，疏帘里。歌余尘拂扇，
舞罢风掀袂。人散后，
一钩淡月天如水。

◎谢逸，字无逸，号溪堂，北宋文学家。曾写过300首咏蝶诗，人称“谢蝴蝶”，著有《溪堂集》。

◎《千秋岁·楝花飘砌》：一作《千秋岁·夏景》。

◎斜风细雨，吹散一地落花。既无缘山水，懒理琴书，不如寄情歌舞，疏解郁情。曲终人散后，还有月儿陪我。

◎乐天见示伤微之敦诗晦叔三君子皆有深分因成是诗以寄

［唐］刘禹锡

吟君叹逝双绝句，使我伤怀奏短歌。
世上空惊故人少，集中惟觉祭文多。
芳林新叶催陈叶，流水前波让后波。
万古到今同此恨，闻琴泪尽欲如何。

◎刘禹锡，唐代文学家、哲学家。字梦得，有“诗豪”之称，著有《刘梦得文集》等。

◎时光易逝，惊觉故人已所剩无几，而祭文渐多。新旧交替，是无法违背的自然法则。琴声凄切，我听着，为故人流尽泪水。

◎昼居池上亭独吟

[唐] 刘禹锡

日午树阴正，独吟池上亭。

静看蜂教诲，闲想鹤仪形。

法酒调神气，清琴入性灵。

浩然机已息，几杖复何铭。

◎夏日午后，于树荫下借得一丝凉爽，于池边亭中沉吟雅句。饮一樽美酒，弹一曲清音，胸中有开阔之气，神清气爽。

◎临江仙·淡水三年欢意

【宋】晏几道

淡水三年欢意，危弦几夜离情。
晓霜红叶舞归程。客情今古道，
秋梦短长亭。
渌酒尊前清泪，阳关叠里离声。
少陵诗思旧才名。云鸿相约处，
烟雾九重城。

◎晏几道，北宋婉约派词人，字叔原，号小山。与其父晏殊合称“二晏”，有《小山词》留世。

◎君子之交，情谊如许，最难舍是离别。举一杯酒，流一行泪，琴音诗词知我伤悲。绿水青山，愿我们再见有期。

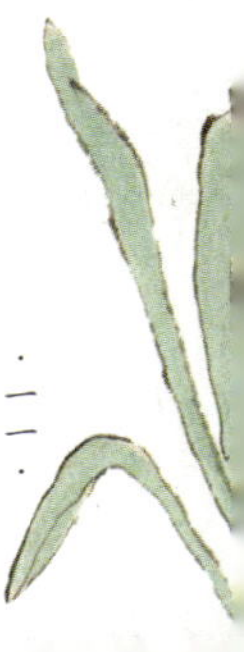

◎书叹

［宋］陆游

早得虚名翰墨林，谢归忽已岁时侵。
春郊射雉朝盘马，秋院焚香夜弄琴。
病酒闭门常兀兀，哦诗袖手久愔愔。
浮沉不是忘经世，后有仁人识此心。

◎陆游，南宋文学家、史学家。字务观，号放翁。其诗饱含爱国热情，对后世影响深远，著有《剑南诗稿》。

◎曾因文章书画小有名气，如今闲居养病，偶尔射猎抚琴。但人生浮沉不会浇灭我对诗词文章的热情。

◎八六子·倚危亭

【宋】秦观

倚危亭。恨如芳草，萋萋刬chǎn尽还生。

念柳外青骢cōng别后，水边红袂分时，

怆然暗惊。

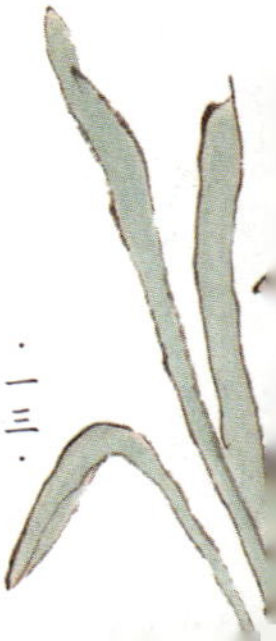

无端天与娉婷。夜月一帘幽梦，
春风十里柔情。怎奈向，
欢娱渐随流水，素弦声断，
翠绡香减，那堪片片飞花弄晚，
蒙蒙残雨笼晴。正销凝，
黄鹂又啼数声。

◎秦观，北宋词人，字少游，别号邗沟居士。被尊为婉约派一代词宗，著有《淮海集》等。

◎独倚危亭，离愁在心中蔓延。最难忘你的柔情，如今再也听不到你的琴音，只能将思念埋藏心底。

◎念奴娇·重九席上

【宋】辛弃疾

龙山何处？记当年高会，
重阳佳节。谁与老兵供一笑，
落帽参军华发。莫倚忘怀，
西风也解，点检尊前客。
凄凉今古，眼中三两飞蝶。

须信采菊东篱，高情千载，
只有陶彭泽。爱说琴中如得趣，
弦上何劳声切。试把空杯，
翁还肯道，何必杯中物。
临风一笑，请翁同醉今夕。

◎辛弃疾，字幼安，别号稼轩居士。南宋豪放派词人，有“词中之龙”之称，著有《稼轩长短句》。

◎犹记当年重九席，笑谈古今。现在看来，万物皆云烟。琴可无弦，杯须有酒，吾愿与君同醉。

◎念奴娇·故山渐近

【宋】叶梦得

南归渡扬子作，杂用渊明语。

故山渐近，念渊明归意，翛然谁论。
归去来兮秋已老，松菊三径犹存。
稚子欢迎，飘飘风袂，依约旧衡门。
琴书萧散，更欣有酒盈尊。

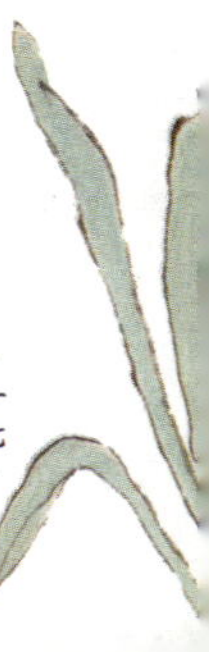

惆怅萍梗无根，天涯行已遍，
空负田园。去矣何之窗户小，
容膝聊倚南轩。倦鸟知还，
晚云遥映，山气欲黄昏。此还真意，
故应欲辨忘言。

◎叶梦得，宋代词人，字少蕴。开拓了南宋前半期以“气”入词的词坛新路，代表作有《石林燕语》等。

◎多年漂泊天涯，如无根浮萍。如今回归故里，故人犹在，旧景犹在，一切都是那样自在舒适。

◎夜宴左氏庄

【唐】杜甫

林风纤月落，衣露净琴张。
暗水流花径，春星带草堂。
检书烧烛短，看剑引杯长。
诗罢闻吴咏，扁舟意不忘。

◎杜甫，唐代现实主义诗人。字子美，自号少陵野老，被后人称为“诗圣”，他的诗被称为“诗史”。

◎新月低垂，微风拂动枝叶，有悠扬琴声响起。草堂中，与众人赋诗看剑，宾主欢畅。吴音吟咏，又勾起了曾经泛舟江南的回忆。

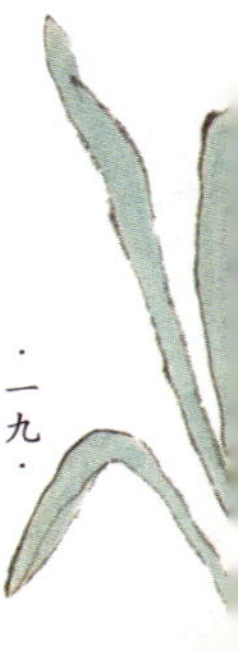

◎夜琴

［唐］白居易

蜀桐木性实，楚丝音韵清。
调慢弹且缓，夜深十数声。
入耳澹无味，惬心潜有情。
自弄还自罢，亦不要人听。

◎白居易，唐代现实主义诗人。字乐天，号香山居士，又号醉吟先生，有《白氏长庆集》传世。

◎轻抚琴弦，清婉之音打破了夜的宁静。听似无味，却安抚人心。这是给自己的礼物，也不需要谁来倾听。

◎卜居白龟池上

〔元〕仇远

一琴一鹤小生涯，陋巷深居几岁华。
为爱西湖来卜隐，却怜东野又移家。
荒城雨滑难骑马，小市天明已卖花。
阿母抱孙闲指点，疏林尽处是栖霞。

◎仇远，字仁近，元代文学家、书法家，著有《金渊集》。

◎带上心爱的一琴一鹤，哪里都可以是我的家。山水田园间，凡俗市井中，皆是我的去处。

◎代别情人

【唐】李白

清水本不动，桃花发岸傍。
桃花弄水色，波荡摇春光。
我悦子容艳，子倾我文章。
风吹绿琴去，曲度紫鸳鸯。
昔作一水鱼，今成两枝鸟。

哀哀长鸡鸣，夜夜达五晓。
起折相思树，归赠知寸心。
覆水不可收，行云难重寻。
天涯有度鸟，莫绝瑶华音。

◎李白，唐代浪漫主义诗人，字太白，号青莲居士，又号“谪仙人”。被后人誉为“诗仙”，有《李太白集》传世。

◎曾经的我们互相倾慕，以琴音寄相思。而如今你我天各一方，美好的情感亦覆水难收，唯愿偶尔还能听到你的音信。

◎即事四首·其一

[宋] 刘克庄

买得荒郊五亩余，旋营花木置琴书。
柳能樊圃犹须种，兰纵当门亦不锄。
无力改墙姑覆草，多方存井要浇蔬。
区区才志聊如此，谁谓先生广且疏。

◎刘克庄，字潜夫，号后村，南宋文人，作品收录在《后村先生大全集》中。

◎我想要在荒郊置一处房子，摆上最爱的琴书，种一畦花草蔬菜，简简单单，万事随心。

◎凤求凰·其一

【汉】司马相如

有一美人兮，见之不忘。
一日不见兮，思之如狂。
凤飞翱翔兮，四海求凰。
无奈佳人兮，不在东墙。

将琴代语兮，聊写衷肠。
何日见许兮，慰我彷徨。
愿言配德兮，携手相将。
不得于飞兮，使我沦亡。

◎司马相如，字长卿，西汉辞赋家，其代表作品为《子虚赋》。

◎有一美人兮：一作“有美人兮”。

◎只因那惊鸿一瞥，你便住进了我的心房。欲以琴音诉衷情，何时才能与你比翼双飞，慰藉我心中忧思彷徨。

◎次韵元礼春怀十首·其一

【宋】黄庭坚

渐老春心不可言，
亦如琴意在无弦。
新花准拟千场醉，
美酒经营一百船。

◎黄庭坚，字鲁直，号山谷道人，北宋著名文学家、书法家、江西诗派开山之祖，著有《山谷词》。

◎多年以后终于明白，有些话语无须宣之于口，如琴意无须听弦。不如醉饮千杯，将心事埋藏心底。

◎凌波仙·吊乔梦符

[元] 钟嗣成

平生湖海少知音，几曲宫商大用心，
百年光景还争甚？空赢得雪鬓侵。
跨仙禽路绕云深。欲挂坟前剑，
重听膝上琴，漫携琴载酒相寻。

◎钟嗣成，元代文学家，散曲家。字继先，号丑斋，著有《录鬼簿》。

◎平生挚爱音乐，常叹知音难觅，求索半生，回首已白头，还要争什么呢？故人已逝，只能一壶酒，一张琴，将哀思寄于琴音里。

◎减字木兰花·春夜闻隔墙歌吹声

【清】项鸿祚

阑珊心绪，醉倚绿琴相伴住。
一枕新愁，残夜花香月满楼。
繁笙脆管，吹得锦屏春梦远。
只有垂杨，不放秋千影过墙。

◎项鸿祚，清代词人，字莲生。其词多表现抑郁、感伤之情，著有《忆云词甲乙丙丁稿》。

◎月夜，心绪不宁，一怀愁绪只能向绿绮琴倾诉。是谁吹起笙管，是否有着与我一样的愁绪？

◎读易

［宋］欧阳修

莫嫌白发拥朱轮，恩许东州养病臣。
饮酒横琴销永日，焚香读《易》过残春。
昔贤轩冕如遗屣，世路风波偶脱身。
寄语西家隐君子，奈何名姓已惊人。

◎欧阳修，字永叔，号醉翁，北宋政治家、文学家。“唐宋八大家”之一，有《欧阳文忠集》传世。

◎韶华已逝，远离尘嚣。终日饮酒弹琴，焚香读书。尽敛光华，功名世事再与我无关。

◎谒金门·山吐月

［宋］辛弃疾

山吐月，画烛从教风灭。
一曲瑶琴才听彻，金蕉三两叶。
骤雨身凉还热，似欠舞琼歌雪。
近日醉乡音问绝，有时清泪咽。

◎明月可知我的忧愁，一曲瑶琴听罢，两三盏酒入喉，未语泪先流。

◎发后渚

【南北朝】鲍照

江上气早寒，仲秋始霜雪。
从军乏衣粮，方冬与家别。
萧条背乡心，凄怆清渚发。
凉埃晦平皋，飞潮隐修樾。

孤光独徘徊，空烟视升灭。
途随前峰远，意逐后云结。
华志分驰年，韶颜惨惊节。
推琴三起叹，声为君断绝。

◎鲍照，字明远，南北朝时期南朝宋文学家。与颜延之、谢灵运并称“元嘉三大家”，有《鲍参军集》传世。

◎秋霜添寒意，而我即将离乡从军。一路的风景都因离愁变得黯然失色，豪情壮志亦因时光流逝而惨淡凄然。一念至此，只得推开瑶琴，怅然叹息。

◎对琴待月

[唐] 白居易

竹院新晴夜，松窗未卧时。
共琴为老伴，与月有秋期。
玉轸临风久，金波出雾迟。
幽音待清景，唯是我心知。

◎清寂的夜，晚风吹来一室松香。我独坐抚琴，静待一轮明月升起。

◎阴雨

【唐】白居易

岚雾今朝重，江山此地深。
滩声秋更急，峡气晓多阴。
望阙云遮眼，思乡雨滴心。
将何慰幽独，赖此北窗琴。

◎这里的秋总是云雾缭绕，山谷间阴云不散。烟云遮住了我的视线，细雨撩起了我对故乡的思念。只有这窗边的琴，才能消解我的一腔愁绪。

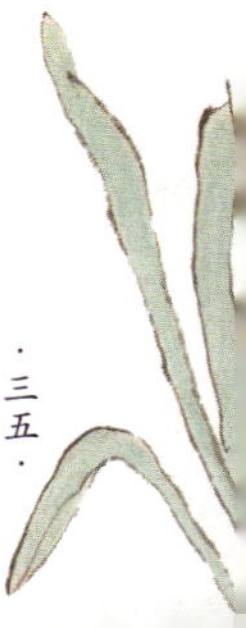

◎宿业师山房待丁大不至

〔唐〕孟浩然

夕阳度西岭，群壑倏已暝。
松月生夜凉，风泉满清听。
樵人归欲尽，烟鸟栖初定。
之子期宿来，◦孤琴候萝径。

◎孟浩然，唐代山水田园派诗人，名浩，字浩然，号孟山人。与王维并称为“王孟”，有《孟浩然集》三卷传世。

◎孤琴：一作“孤宿”，或作“携琴”。

◎夕阳西下，山间一片宁静，杳无人烟，风声与泉水声清晰可闻。我抱着琴在山间路边等你，为何你还未到来？

◎寒夜

【唐】孟浩然

闺夕绮窗闭，佳人罢缝衣。
理琴开宝匣，就枕卧重帏。
夜久灯花落，薰笼香气微。
锦衾重自暖，遮莫晓霜飞。

◎更深夜寒，灯花已落了数圈。你穿针引线罢，独坐抚琴。熏笼锦衾，难缓一室孤清。

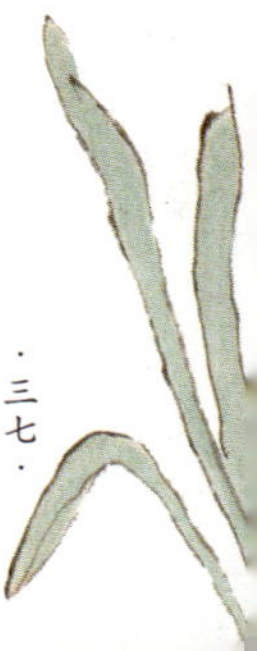

◎塞翁吟·风柳吹残醉

[元] 仇远

风柳吹残醉，推枕梦便难寻。
小院静，曲屏深。翦不断轻阴。
新蚕乍扫鹅毛细，纤手镂叶如针。
又负了，赏花心。听高树鸣禽。

千金，嗟难买，飘红坠粉，怕容易、
愁痕暗侵。但惜取、婵娟好在，
任千里、杳杳鸿迷，渺渺鱼沈。
相如未老，尽把衷肠，分付瑶琴。

◎对你的思念成为我心里剪不断的愁绪，天涯路远，鸿雁难寄。我将相思化为琴弦上的旋律，弹给自己听。

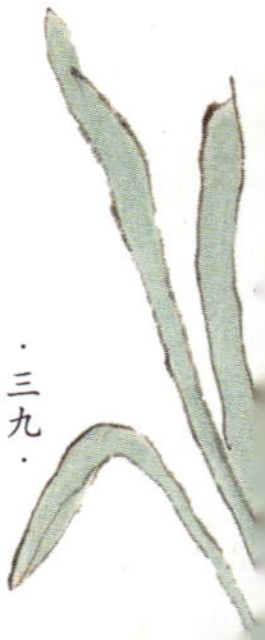

◎菩萨蛮·萧萧几叶风兼雨

［清］纳兰性德

萧萧几叶风兼雨，离人偏识长更苦。
欹枕数秋天，蟾蜍下早弦。
夜寒惊被薄，泪与灯花落。
无处不伤心，轻尘在玉琴。

◎纳兰性德，字容若，号楞伽山人，清朝初年词人。词风清丽婉约，著有《通志堂集》等。

◎秋夜渐寒，风雨卷落了一树残叶。离人数着更声，辗转难眠。灯花被烧为灰烬，玉琴蒙尘，恰如我此刻的心境。

◎菩萨蛮·双韵赋摘阮

【宋】辛弃疾

阮琴斜挂香罗绶，玉纤初试琵琶手。
桐叶雨声干，真珠落玉盘。
朱弦调未惯，笑倩春风伴。
莫作别离声，且听双凤鸣。

◎听，那琴音似雨打梧桐叶，让心绪随风飞远。离别之音不敢听，恐碎离人心。

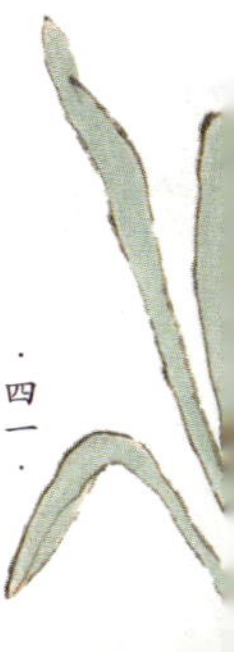

◎菩萨蛮·瑶琴欲把相思谱

〔元〕仇远

瑶琴欲把相思谱，殷勤难写相思语。
人在碧苕滨，相思烟水深。
鳞波流碎月，荏苒年芳歇。
何处寄相思，白苹秋一枝。

◎漫长岁月中，相思总是那样深刻、绵长，无法宣之于口。想要将相思谱进琴曲中，却不知琴音能否寄相思。

◎大乾记梦

【宋】刘克庄

辛酉年梦子方十三

昔梦游湘水，
琴书寄叶舟。
安知三十载，
真作梦中游。

◎曾经于梦中畅游湘水，一叶轻舟，琴书相伴。谁能想到，多年以后，梦想竟成为了现实。

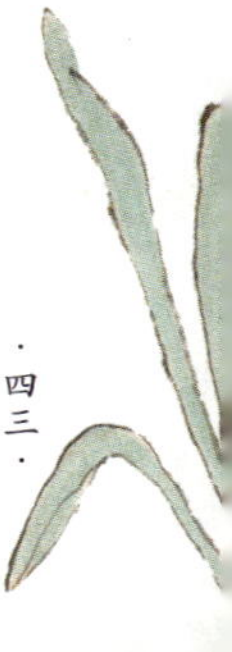

大酺·春雨

【宋】周邦彦

对宿烟收，春禽静，飞雨时鸣高屋。
墙头青玉旆，洗铅霜都尽，嫩梢相触。
润逼琴丝，寒侵枕障，虫网吹黏帘竹。
邮亭无人处，听檐声不断，困眠初熟。
奈愁极顿惊，梦轻难记，自怜幽独。

行人归意速。最先念，流潦妨车毂。怎奈向、兰成憔悴，卫玠清羸，等闲时、易伤心目。未怪平阳客，双泪落、笛中哀曲。况萧索、青芜国。红糁铺地，门外荆桃如菽。夜游共谁秉烛？

◎周邦彦，北宋词人，字美成，号清真居士。其作品格律谨严，语言精雅，今存《片玉集》。

◎一夜春雨，湿了琴弦，亦坏了心情。是因为雨水阻碍了归乡的车轮，还是游子的孤独无人倾诉？

◎归去来集字十首·其一

【宋】苏轼

世事非吾事，驾言归路寻。
向时迷有命，今日悟无心。
庭内菊归酒，窗前风入琴。
寓形知已老，犹未倦登临。

◎苏轼，北宋文学家、书画家，字子瞻，号东坡居士。词开“豪放”一派，作品有《东坡七集》等。

◎曾经迷茫前路，如今终于醒悟，人间事非我事，不如归去。赏菊饮酒，临风弹琴，与知己共享安闲的时光。

◎古风酬胡元之

【宋】范成大

以下白塔新居作。

拂我膝上琴，当客清风襟。
我琴无轸弦不和，愿借之子调其音。
美人一笑千黄金，弹作江岸花木深。
下有同队之游鱼，上有同声之鸣禽。
琴声一叠一叹息，江花江草无终极。

◎范成大，南宋文学家，字致能。其诗作风格平易浅显、清新妩媚，著有《石湖集》等。

◎临风抚琴，美人为我展颜，鱼鸟为我舞蹈唱和。琴音忽转叹息声，草木亦随我静默。

◎听弹琴

[唐] 刘长卿

泠泠七弦上，
静听松风寒。
古调虽自爱，
今人多不弹。

◎刘长卿，唐代诗人，字文房。工于诗，长于五言，自称“五言长城”，代表作有《逢雪宿人》等。

◎静坐抚琴，琴音清冷悠扬，如寒风吹入松林。我偏爱古调，无奈曲高和寡，难觅知音，只能孤芳自赏罢了。

◎听郑五愔弹琴

［唐］孟浩然

阮籍推名饮，清风坐竹林。
半酣下衫袖，拂拭龙唇琴。
一杯弹一曲，不觉夕阳沉。
余意在山水，闻之谐夙心。

◎清风徐来，竹林下，与你举杯对饮，酣畅时，听你弹奏瑶琴。一杯酒，一曲琴，还有我爱的山水，我在这琴音中忘却了时间。

◎听武道士弹贺若

【宋】苏轼

清风终日自开帘，
凉月今宵肯挂檐。
琴里若能知贺若，
诗中定合爱陶潜。

◎月明风清，琴音响起，你若听懂了琴中意，定是我的知音。

◎听崇德君鼓琴

【宋】黄庭坚

月明江静寂寥中，大家敛袂抚孤桐。
古人已矣古乐在，彷佛雅颂之遗风。
妙手不易得，善听良独难。
犹如优昙华，时一出世间。

两忘琴意与己意，乃似不著十指弹。
禅心默默三渊静，幽谷清风淡相应。
丝声谁道不如竹，我已忘言得真性。
罢琴窗外月沈江，万籁俱空七弦定。

◎月明江静，听君鼓琴。悠扬的琴音，让人忘记了自己，也忘记去品味琴意。一曲罢，余音袅袅，万物都陷入沉寂。

◎听蜀僧濬弹琴◎

【唐】李白

蜀僧抱绿绮，西下峨眉峰。
为我一挥手，如听万壑松。
客心洗流水，余响入霜钟。
不觉碧山暮，秋云暗几重。

◎濬：一作“浚”。

◎你一挥手，琴音铮铮，如万壑松涛入耳，余音缭绕，洗涤了我的心。不觉间，暮色已近，而我仍在回味。

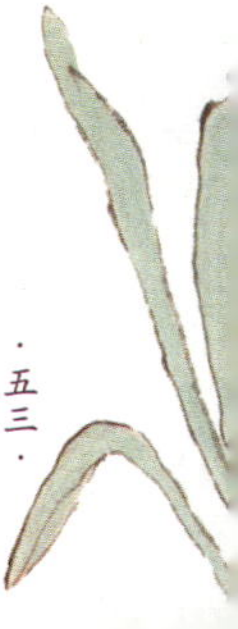

◎咏怀八十二首·其一

【三国】阮籍

夜中不能寐，起坐弹鸣琴。
薄帷鉴明月，清风吹我襟。
孤鸿号外野，翔鸟鸣北林。
徘徊将何见？忧思独伤心。

◎阮籍，三国时期魏国诗人，字嗣宗，“竹林七贤”之一。其著作收录在《阮籍集》中。

◎忧思缠绕，辗转难眠，索性起来抚琴清心。明月清风无言相伴，孤鸿徘徊哀鸣，是否也在为我伤心？

◎善哉行·伤古曲无知音

［唐］贯休

有美一人兮，婉如青扬。
识曲别音兮，令姿煌煌。
绣袂捧琴兮，登君子堂。
如彼萱草兮，使我忧忘。
欲赠之以紫玉尺，白银铛。
久不见之兮，湘水茫茫。

◎贯休，唐代僧人。俗姓姜，字德隐，有《禅月集》存世。

◎难以忘怀那个娉婷温婉的女子，款款而来；轻抚瑶琴，余音袅袅。自别离后，难再相见，相思便萦绕在我心间。

◎喜迁莺·花不尽

〔宋〕晏殊

花不尽，柳无穷。应与我情同。
觥船一棹百分空，何处不相逢。
朱弦悄，知音少。天若有情应老。
劝君看取利名场，今古梦茫茫。

◎晏殊，北宋著名文学家、政治家，字同叔。其词含蓄婉丽，著有《珠玉词》等。

◎不要忧愁，花落了会再开，离别之后还会再相逢。你离开后，知音难觅，弹琴与谁听？

◎国风·周南·关雎

《诗经》

关关雎鸠，在河之洲。
窈窕淑女，君子好逑。
参差荇菜，左右流之。
窈窕淑女，寤寐求之。
求之不得，寤寐思服。

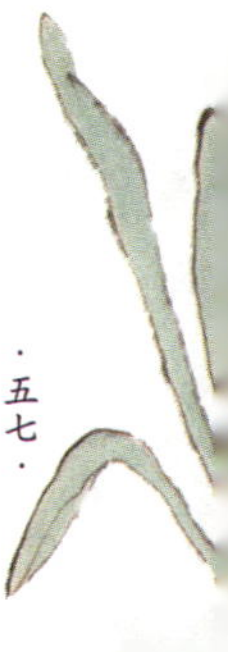

悠哉悠哉，辗转反侧。
参差荇菜，左右采之。
窈窕淑女，琴瑟友之。
参差荇菜，左右芼之。
窈窕淑女，钟鼓乐之。

◎《诗经》是中国古代最早的一部诗歌总集，收集了西周初年至春秋中叶的诗歌，反映了约五百年间的社会面貌。

◎那个美丽的女子，印在了我的心间，让我为了她辗转难眠。不知琴瑟之音、钟鼓之乐能否打动她的芳心呢？

◎闲卧寄刘同州

［唐］白居易

软褥短屏风，昏昏醉卧翁。
鼻香茶熟后，腰暖日阳中。
伴老琴长在，迎春酒不空。
可怜闲气味，唯欠与君同。

◎醉卧一宿，被浓浓茶香唤醒，沐在暖暖的阳光下，弹一曲琴，饮一杯酒，如此安闲的时光，可惜没有与你共享。

◎闺怨

【唐】韦庄

戚戚彼何人，明眸利于月。
啼妆晓不干，素面凝香雪。
良人去淄右，镜破金簪折。
空藏兰蕙心，不忍琴中说。

◎韦庄，晚唐诗人、词人，字端己。为“花间派”代表作家，有《浣花集》十卷。

◎你中意的少年，有月儿般明亮的双眼。而他终究离你而去，芳心已碎，不忍向瑶琴诉说。

◎始作镇军参军经曲阿作

【晋】陶渊明

弱龄寄事外，委怀在琴书。
被褐欣自得，屡空常晏如。
时来苟冥会，宛辔憩通衢。
投策命晨装，暂与园田疏。
眇眇孤舟逝，绵绵归思纡。

我行岂不遥，登降千里余。
目倦川途异，心念山泽居。
望云惭高鸟，临水愧游鱼。
真想初在襟，谁谓形迹拘。
聊且凭化迁，终返班生庐。

◎陶渊明，东晋诗人，名潜，字渊明，自号“五柳先生”。著有《陶渊明集》。

◎我心在山水琴书，而非蹉跎仕路。暂离田园，行军千里，早已看倦了途中风景。愿能早日脱离凡尘约束，回庐归隐。

◎池上早夏

【唐】白居易

水积春塘晚，阴交夏木繁。
舟船如野渡，篱落似江村。
静拂琴床席，香开酒库门。
慵闲无一事，时弄小娇孙。

◎时光走过又一个春夏，深居清幽僻静之处。闲暇时，抚一曲清音，饮一杯醇酒。百无聊赖时，含饴弄孙。为何还有一丝愁绪萦绕心头？

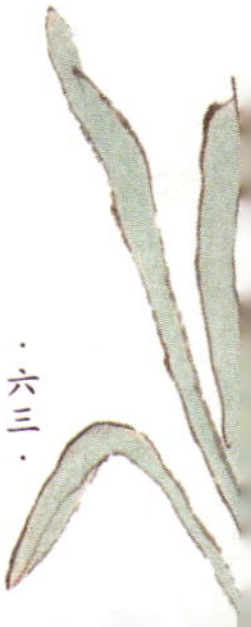

◎池窗

【唐】白居易

池晚莲芳谢，
窗秋竹意深。
更无人作伴，
唯对一张琴。

◎暮色中的池塘尤其静谧，空气中有着残荷的淡淡清香，一丛竹影映照着窗纱。是谁拨动琴弦，打破了这孤寂的夜？

◎沁园春·恨

[清] 郑燮

花亦无知，月亦无聊，
酒亦无灵。把夭桃斫断，
煞他风景；鹦哥煮熟，
佐我杯羹。焚砚烧书，
椎琴裂画，毁尽文章抹尽名。
荥阳郑，有慕歌家世，乞食风情。

单寒骨相难更，笑席帽青衫太瘦生。
看蓬门秋草，年年破巷，疏窗细雨，
夜夜孤灯。难道天公，还箝恨口，
不许长吁一两声？癫狂甚，
取乌丝百幅，细写凄清。

◎郑燮，字克柔，清代书画家、文学家。一生只画兰、竹、石三物，其诗书画，世称“三绝”。著有《郑板桥集》。

◎我不愿再寄情于花月诗酒、书画文章。我愿打碎这世间的不公与孤苦，将心中之恨说与世界听！

◎洗然弟竹亭

【唐】孟浩然

吾与二三子，平生结交深。
俱怀鸿鹄志，昔有鹡鸰心。
逸气假毫翰，清风在竹林。
达是酒中趣，琴上偶然音。

◎结二三好友，志趣相投，守望相助。于竹林间吟诗、饮酒、弹琴，是平生乐事，亦是我的幸运。

◎浣溪沙·小院闲窗春色深

【宋】李清照

小院闲窗春色深，重帘未卷影沉沉，
倚楼无语理瑶琴。
远岫出山催薄暮，细风吹雨弄轻阴，
梨花欲谢恐难禁。

◎李清照，宋代女词人，婉约词派代表，号易安居士，有“千古第一才女”之称。

◎春色已深，深闺之中光影暗淡。无语弄琴弦，却驱不散这一丝寂寞与闲愁。凭栏看远山，斜风细雨吹落一地梨花，给心上又添一片阴霾。

◎浣溪沙·忆旧

［宋］苏轼

长记鸣琴子贱堂，朱颜绿发映垂杨，

如今秋鬓数茎霜。

聚散交游如梦寐，升沈闲事莫思量，

仲卿终不避桐乡。

◎向往宓子贱鸣琴而治，岁月流逝中，青丝渐白。交游聚散与仕途得失皆已看淡，乡民的肯定却依旧是我心中所愿。

◎浣溪沙·握手河桥柳似金

【唐】薛昭蕴

握手河桥柳似金，蜂须轻惹百花心，
蕙风兰思寄清琴。
意满便同春水满，情深还似酒杯深，
楚烟湘月两沈沈。

◎薛昭蕴，唐末词人，字澄州。擅诗词，才华出众。代表作有《小重山》二首等。

◎惜离别，将离愁寄于婉转琴音中。莫相忘，将情意融进酒杯里。怅寂寥，帆影已逝，空留孤月与湘水对望。

◎浣溪沙·白玉堂前绿绮疏

［宋］范成大

白玉堂前绿绮疏，烛残歌罢困相扶，
问人春思肯浓无。
梦里粉香浮枕簟，觉来烟月满琴书，
个浓情分更何如。

◎夜已深沉，琴音渐疏，歌声已然停下。一夜美梦，醒来时，月光洒满琴书。

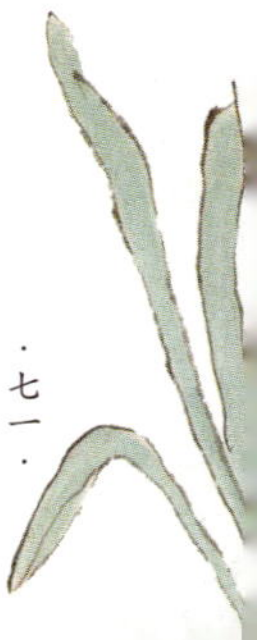

◎渔家傲·三十年来无孔窍

【宋】黄庭坚

三十年来无孔窍，几回得眼还迷照。

一见桃花参学了。呈法要，无弦琴上单于调。

摘叶寻枝虚半老，拈花特地重年少。

今后水云人欲晓。非玄妙，灵云合被桃花笑。

◎三十年来迷茫混沌，见到桃花之后，一朝悟道。琴无弦，道无法，虚度半生，不如早悟禅机。

◎清平乐·野花芳草

【唐】韦庄

野花芳草，寂寞关山道。
柳吐金丝莺语早，惆怅香闺暗老！
罗带悔结同心，独凭朱栏思深。
梦觉半床斜月，小窗风触鸣琴。

◎自你别后，漫漫关山路牵动着我的愁肠。窗外春光明媚，我只能在思念中蹉跎着时光。夜风吹响琴弦，亦惊醒了我的浅眠。

◎游风林寺西岭

【唐】孟浩然

共喜年华好，来游水石间。

烟容开远树，春色满幽山。

壶酒朋情洽，琴歌野兴闲。

莫愁归路暝，招月伴人还。

◎春光喜人，与好友同游山水之间，诗酒琴歌，诉不完的情谊，数不尽的悠闲，莫负了烂漫时光。

◎满江红·小院深深

［宋］岳珂

小院深深，悄镇日、阴晴无据。

春未足，闺愁难寄，琴心谁与？

曲径穿花寻蛱蝶，虚阑傍日教鹦鹉。

笑十三杨柳女儿腰，东风舞。

云外月，风前絮。情与恨，
长如许。想绮窗今夜，为谁凝伫？
洛浦梦回留佩客，秦楼声断吹箫侣。
正黄昏时候杏花寒，廉纤雨。

◎岳珂，南宋文学家，字肃之，号亦斋，晚号倦翁。著有《棠湖诗稿》一卷。

◎思念是一种恼人的东西，纵然春光融融，却依旧有着无数的哀愁。琴音无人听，相思向谁诉，只留下无尽的等候。

◎潇湘神·斑竹枝

[唐] 刘禹锡

斑竹枝，斑竹枝，
泪痕点点寄相思。
楚客欲听瑶瑟怨，
潇湘深夜月明时。

◎斑竹点点泪痕，寄托了谁的相思？漂泊异乡的人，徘徊于潇湘之滨，琴音呜咽，诉说着幽怨。

◎山中与幽人对酌

【唐】李白

两人对酌山花开，
一杯一杯复一杯。
我醉欲眠卿且去，
明朝有意抱琴来。

◎山花烂漫处，与你开怀畅饮。酒醉后，我可以自在睡去。待明日，你带着琴来助兴，我们再一醉方休。

◎幽涧泉

〔唐〕李白

拂彼白石，弹吾素琴。
幽涧愀兮流泉深，善手明徽高张清。
心寂历似千古，松飕飗兮万寻。
中见愁猿吊影而危处兮，叫秋木而长吟。

客有哀时失职而听者，泪淋浪以沾襟。
乃缉商缀羽，潺湲成音。
吾但写声发情于妙指，殊不知此曲之古今。
幽涧泉，鸣深林。

◎于幽静溪谷中弹奏素琴，琴声中有我诉不尽的哀愁。山间的生灵为我伤心，过客为我落泪，他们是否听懂了我的琴中意？

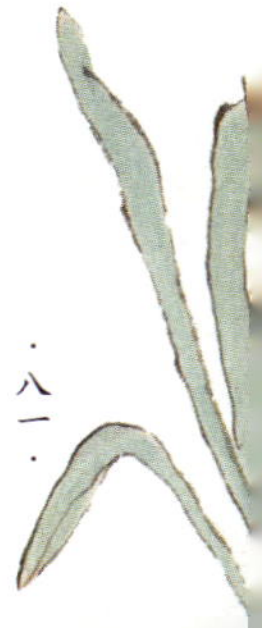

◎悼亡姬

【唐】韦庄

凤去鸾归不可寻，十洲仙路彩云深。

若无少女花应老，为有姮娥月易沈。

竹叶岂能消积恨，丁香空解结同心。

湘江水阔苍梧远，何处相思弄舜琴？

◎你仙去之后，我的生活便失去了光彩，空守一颗相思心，幽怨对瑶琴。

◎拟古

【清】纳兰性德

美人临残月，无言若有思。
含颦但斜睇，吁嗟怜者谁。
予本多情人，寸心聊自持。
浩歌幽兰曲，援琴终不怡。
私恨托远梦，初日照帘帏。

◎清冷月光下，美人在为谁蹙眉轻叹？我愿高歌抚琴，博卿一笑，奈何忧思难解，美梦难圆。

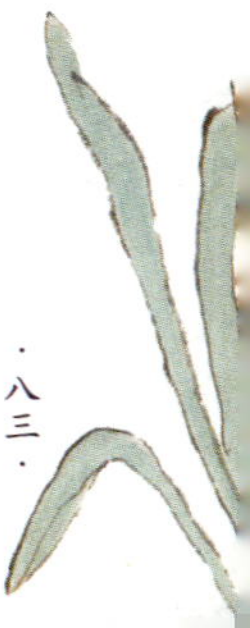

◎拨棹子·归去来

【宋】黄庭坚

归去来，归去来，携手旧山归去来。
有人共、月对尊罍。横一琴、
甚处不逍遥自在。
闲世界，无利害。何必向、
世间甘幻爱。与君钓、晚烟寒濑。
蒸白鱼稻饭，溪童供笋菜。

◎愿你与我一同隐逸山林，举樽对月，抚琴垂钓。每一刻的时间都属于自己，逍遥又自在。

◎招隐二首·其一

【晋】左思

杖策招隐士，荒涂横古今。
岩穴无结构，丘中有鸣琴。
白云停阴冈，丹葩曜阳林。
石泉漱琼瑶，纤鳞或浮沉。

非必丝与竹，山水有清音。
何事待啸歌？灌木自悲吟。
秋菊兼糇粮，幽兰间重襟。
踌躇足力烦，聊欲投吾簪。

◎左思，晋代文学家，字泰冲（《晋书》作太冲）。其诗文语言质朴凝练，代表作有《三都赋》等。

◎隐士深居山林，远离红尘，无丝竹之声，却有那隐隐琴声与山水之音相和。我心向往，愿同往矣。

◎小重山·昨夜寒蛩不住鸣

【宋】岳飞

昨夜寒蛩不住鸣。惊回千里梦、已三更。
起来独自绕阶行。人悄悄，帘外月胧明。
白首为功名。旧山松竹老，阻归程。
欲将心事付瑶琴。知音少，弦断有谁听。

◎岳飞，南宋书法家、诗人，字鹏举。其代表词作有《满江红·写怀》等。

◎虫鸣声声，惊醒了我的金戈铁马梦。我徘徊在这寂静的夜，只有明月相伴。欲将心事付于瑶琴，可是在这寂寞的人世间，谁才是我的知音？

小重山·月月相逢只旧圆

【宋】贺铸

月月相逢只旧圆。迢迢三十夜，夜如年。
伤心不照绮罗筵。孤舟里，单枕若为眠。
茂苑想依然。花楼连苑起、压漪涟。
玉人千里共婵娟。清琴怨，肠断亦如弦。

◎贺铸，北宋词人，字方回，自号庆湖遗老。其词兼有豪放、婉约二派之长。

◎与你别后，我度日如年，多少个夜在思念中难眠。明月凝望着你我，是否听见了琴声里的哀怨。

◎夏日南亭怀辛大

【唐】孟浩然

山光忽西落，池月渐东上。
散发乘夕凉，开轩卧闲敞。
荷风送香气，竹露滴清响。
欲取鸣琴弹，恨无知音赏。
感此怀故人，中宵劳梦想。

◎打开窗，月光温柔地照着池塘，晚风送来荷花的清香。我想要抚琴一曲，却无知音欣赏，对你的思念便在心间蔓延。

◎送剑与傅岩叟

【宋】辛弃疾

镆邪三尺照人寒，
试与挑灯仔细看。
且挂空斋作琴伴，
未须携去斩楼兰。

◎挑灯看，镆邪宝剑寒光凛凛，却无法上阵杀敌，建功立业，只能将它空挂书斋，与琴为伴，让我如何不惆怅！

◎送司马先生

【唐】李峤

蓬阁桃源两处分，
人间海上不相闻。
一朝琴里悲黄鹤，
何日山头望白云。

◎李峤，唐朝时期宰相，字巨山。以文辞著称，“文章四友”之一。

◎仙境与人间两地相隔，难以逾越。琴声呜咽，是谁在伤悲？何时才能骑鹤归去？

◎遇长安使寄裴尚书

［南北朝］江总

传闻合浦叶，远向洛阳飞。
北风尚嘶马，南冠独不归。
去云目徒送，离琴手自挥。
秋蓬失处所，春草屡芳菲。
太息关山月，风尘客子衣。

◎江总，南北朝时期南朝文学家，字总持。因其诗作受梁武帝赏识，官至太常卿。

◎客居他乡，没有一刻停息对家的思念。轻抚琴弦，目送流云飘往北方，我的心也随之向北。不知何时我才能带着一身风尘，回到家乡。

◎道院杂兴二首·选一

【宋】陆游

征途暗尽旧貂裘，归卧林间喜自由。
体倦尚凭书引睡，心安不假酒攻愁。
丹炉弄火经年熟，竹院听琴竟日留。
今旦理髯还一笑，自间时有黑丝抽。

◎放下凡尘执念，享受田园自由。有书香催眠，美酒消愁，琴音静心。执镜看，仿佛年轻了容颜。

◎采桑子·一番海角凄凉梦

【宋】朱敦儒

一番海角凄凉梦，却到长安。

翠帐犀帘，依旧屏斜十二山。

玉人为我调琴瑟，颦黛低鬟。

云散香残，风雨蛮溪半夜寒。

◎朱敦儒，宋代词人，字希真。有“词俊”之名，“洛中八俊”之一，今有词集《樵歌》。

◎梦回长安，城中景象与往昔无异。美人低首，为我弹奏一曲。忽而间，风雨带着寒意，惊醒了我的梦。

◎采桑子·别来长忆西楼事

【宋】晏几道

别来长忆西楼事，结遍兰襟。
遗恨重寻，弦断相如绿绮琴。
何时一枕逍遥夜，细话初心。
若问如今，也似当时著意深。

◎分别以后，我总会忆起与你相遇的点滴。我已弹断了绿绮琴弦，依旧无法解我相思。何时才能再与你倾诉初心？

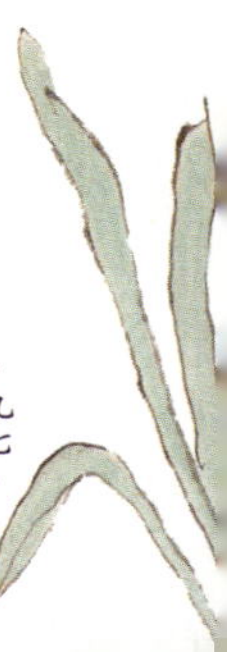

◎采桑子·金风玉露初凉夜

［宋］晏几道

金风玉露初凉夜，秋草窗前。
浅醉闲眠，一枕江风梦不圆。
长情短恨难凭寄，枉费红笺。
试拂么弦，却恐琴心可暗传。

◎七夕之夜，却不是相逢之夜。特地浅醉而眠，你却没有来到我的梦里。我将思念写进信笺，弹进琴弦，你可曾明了我的心意？

贺新郎·寄辛幼安和见怀韵

〔宋〕陈亮

老去凭谁说？看几番、神奇臭腐，
夏裘冬葛。父老长安今余几，
后死无仇可雪。犹未燥、当时生发。
二十五弦多少恨，算世间、
那有平分月。胡妇弄，汉宫瑟。

树犹如此堪重别。只使君、
从来与我，话头多合。行矣置之无足问，
谁换妍皮痴骨？但莫使、伯牙弦绝。
九转丹砂牢拾取，管精金、
只是寻常铁。龙共虎，应声裂。

◎陈亮，南宋思想家、文学家，字同甫，号龙川。其词作风格豪迈，有《龙川文集》传世。

◎看尽了世事变迁，我已年华老去。国仇家恨犹在，却已无人在意。我将一腔心事付于琴弦，唯有你懂我的恨。愿知音未绝，终有一日，共报家国。

◎贺新郎·老去相如倦

【宋】刘过

老去相如倦。向文君、说似而今，怎生消遣？衣袂京尘曾染处，空有香红尚软。料彼此、魂销肠断。一枕新凉眠客舍，听梧桐疏雨秋声颤。灯晕冷，记初见。

楼低不放珠帘卷。晚妆残、翠钿狼藉，
泪痕凝面。人道愁来须殢酒，
无奈愁深酒浅。但托意焦琴纨扇。
莫鼓琵琶江上曲，怕荻花
枫叶俱凄怨。云万叠，寸心远。

◎刘过，南宋文学家，字改之，号龙洲道人。著有《龙洲集》等。

◎还记得你我初见时的心动，而如今我已老矣，境遇凄凉。风吹寒舍秋雨凉，酒浅愁却深。欲抚琴助兴，却曲调凄切，更添忧愁。

◎贺新郎·病起情怀恶

［宋］韩淲

病起情怀恶。小帘栊、杨花坠絮，

木阴成幄。试问春光今几许，

都把年华忘却，更多少、从前盟约。

拟待莺边寻好语，恍残红、零乱风回薄。

思往事，信如昨。

清明寒食须行乐。算人生、何时富贵，
自徒萧索。试着春衫从酒伴，
乱插繁英嫩萼。信莫被、功名担阁。
随分溪山供笑傲，这一身、
闲处谁能缚。琴剑外，尽杯酌。

◎韩淲，南宋诗人，字仲止，号涧泉。著有《涧泉集》。

◎病中忘却了年华几何，忆往昔，思绪翻涌。叹人生，功名富贵皆尘土，不如寄情山水，与琴剑诗酒为伍，无拘无束。

◎赠秀才入军十八首·其十四

【三国】嵇康

息徒兰圃，秣马华山。
流磻平皋，垂纶长川。
目送归鸿，手挥五弦。
俯仰自得，游心太玄。
嘉彼钓叟，得鱼忘筌。
郢人逝矣，谁与尽言？

◎嵇康，三国时期魏国思想家、音乐家、文学家，字叔夜，“竹林七贤”之一。今有《嵇康集》传世。

◎此刻的你，是否在山川间悠闲喂马，看北雁南归，弹五弦古琴，尽情享受天地自由。愿你早日归来，与我共仿钓鱼翁，享受自然之乐。

◎赠崔秋浦三首·其二

［唐］李白

崔令学陶令，北窗常昼眠。

抱琴时弄月，取意任无弦。

见客但倾酒，为官不爱钱。

东皋春事起，种黍早归田。

◎你就是我心中的陶渊明，嗜酒率真，爱无弦琴。何时你能与陶公一样，抛却凡尘俗事，归隐山林呢？

◎琵琶亭上作

［宋］欧阳修

九江烟水一登临，
风月清含古恨深。
湿尽青衫司马泪，
琵琶还似雍门琴。

◎来到琵琶亭，看九江浩渺烟波，耳边仿佛又传来幽怨的琵琶声，诉说着千年的遗恨。

◎风入松·福清道中作

〔宋〕刘克庄

橐泉梦断夜初长。别馆凄凉。
细思二十年前事，叹人琴、
已矣俱亡！改尽潘郎鬓发，
消残荀令衣香。

多年布被冷如霜，到处同床。
箫声一去无消息，但回首、
天海茫茫。旧日风烟草树，
而今总断人肠。

◎又回到这个魂牵梦萦的地方，回忆多年的颠沛流离，天涯相隔，到如今，人事已非，怎能不叫我触景伤怀，肝肠寸断。

◎点绛唇·秋雨弥空

【宋】曹勋

秋雨弥空，冷侵窗户琴书润。
四檐成韵。孤坐无人问。
壮志消沈，喜入清闲运。
常安分。炷烟飘尽。
更拨余香烬。

◎曹勋，南宋文人，字公显，号松隐。著有《松隐文集》等。

◎秋雨如丝，浸湿了窗前的琴书。回想半生，曾经的壮志已被岁月磨灭，如今只能在清闲中品味寂寞。

◎点绛唇·人面桃花

［宋］蔡伸

人面桃花，去年今日津亭见。
瑶琴锦荐，一弄清商怨。
金日重来，不见如花面。
空肠断，乱红千片，
流水天涯远。

◎蔡伸，宋代词人，字伸道，号友古居士。工词，著有《友古居士词》一卷。

◎犹记去年初见，你弹奏的哀怨琴音久久在我心中盘旋。如今故地重游，你已远走天涯，徒留我心伤肠断。

◎燕歌行二首·其一

［三国］曹丕

秋风萧瑟天气凉，草木摇落露为霜，群燕辞归鹄南翔。
念君客游思断肠，慊慊思归恋故乡，君何淹留寄他方？
贱妾茕茕守空房，忧来思君不敢忘，不觉泪下沾衣裳。
援琴鸣弦发清商，短歌微吟不能长。
明月皎皎照我床，星汉西流夜未央。
牵牛织女遥相望，尔独何辜限河梁。

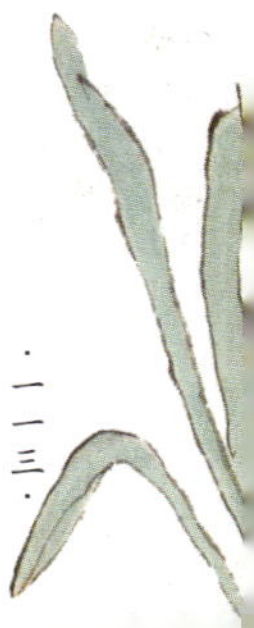

◎曹丕，三国时魏国的开国皇帝，字子桓。诗、赋、文皆有成就，今存《魏文帝集》二卷。

◎转眼又是一个秋，对你的思念依旧缠绕着我。轻抚琴弦欲解忧，奈何曲短难长吟。抬首望星空，不知何时才是你的归期。

◎新春

[宋] 陆游

柳淡春初破，梅寒瘦不禁。
羁愁醉后减，睡思雨中深。
闲试新收砚，重寻久废琴。
何时见朋旧，细话别来心？

◎淡青柳色唤醒了春天，还带着料峭寒意。漂泊的人又在雨夜难眠，拂去琴上尘，轻弹一曲，又勾起对故人的思念。

◎早秋山居

【唐】温庭筠

山近觉寒早，草堂霜气晴。
树凋窗有日，池满水无声。
果落见猿过，叶干闻鹿行。
素琴机虑静，空伴夜泉清。

◎温庭筠，唐代文学家，原名岐，字飞卿。他精通音律，诗词兼工，被尊为“花间派”之鼻祖。

◎初秋，山间草堂已早早地有了寒意，一切都是那样幽静淡泊。清夜，弹一曲琴音，与林间的泉声相和。

◎早秋雨后寄乐天

[唐]刘禹锡

夜云起河汉，朝雨洒高林。

梧叶先风落，草虫迎湿吟。

簟凉扇恩薄，室静琴思深。

且喜炎前别，安能怀寸阴。

◎一场秋雨给人间带来了些许凉意，秋意落在了每一个角落，连琴音也变得深刻，让我更珍惜这一刻的时光。

◎春夜别友人二首·其一

【唐】陈子昂

银烛吐青烟，金樽对绮筵。

离堂思琴瑟，别路绕山川。

明月隐高树，长河没晓天。

悠悠洛阳道，此会在何年。

◎陈子昂，唐代文学家、诗人，字伯玉。其诗风骨峥嵘，代表作有《登幽州台歌》等。

◎别筵将尽，月儿隐于树间，银河渐消于黎明前，而我却难舍这缕琴瑟之音。经此别后，山高路远，何时才能再相见？

◎春日独酌二首·其二

【唐】李白

我有紫霞想，缅怀沧州间。
且对一壶酒，澹然万事闲。
横琴倚高松，把酒望远山。
长空去鸟没，落日孤云还。
但悲光景晚，宿昔成秋颜。

◎我愿隐逸山林，有瑶琴美酒相伴，看落日远山，悠闲淡然。只怨时光易逝，老却了容颜。

◎春雨二首·其二

【宋】陆游

春愁无处避，春雨几时晴？
黯黯阴连月，萧萧滴到明。
窗昏减书课，弦缓咽琴声。
何以娱幽独，新醅手自倾。

◎春雨淅淅沥沥下了多日，我的心情也随之阴暗。无心读书，琴声幽怨，唯有小酌一杯聊以自娱。

◎普天乐·垂虹夜月

【元】徐再思

玉华寒，冰壶冻。

云间玉兔，水面苍龙。

酒一樽，琴三弄，唤起凌波仙人梦，

倚阑干满面天风。

楼台远近，乾坤表里，江汉西东。

◎徐再思，元代散曲作家，字德可，号甜斋。作品与自号酸斋的贯云石齐名，后人将二人散曲合编为《酸甜乐府》。

◎夜微寒，月光下，饮一樽美酒，抚一曲琴音，江风拂面，天地皆在心间。

◎水调歌头·题西山秋爽图

【清】纳兰性德

空山梵呗静，水月影俱沉。

悠然一境人外，都不许尘侵。

岁晚忆曾游处，犹记半竿斜照，

一抹界疏林。绝顶茅庵里，老衲正孤吟。

云中锡，溪头钓，涧边琴。
此生着几两屐，谁识卧游心。
准拟乘风归去，错向槐安回首，
何日得投簪。布袜青鞋约，但向画图寻。

◎这一处幽静山林，不染一丝尘俗。云山漫行，溪边垂钓，涧边弹琴，是我心之所向。归隐山林的心愿，只能在画中实现。

◎水龙吟·小沟东接长江

【宋】苏轼

小沟东接长江，柳堤苇岸连云际。
烟村潇洒，人闲一哄，渔樵早市。
永昼端居，寸阴虚度，了成何事。
但丝莼玉藕，珠粳锦鲤，相留恋，又经岁。

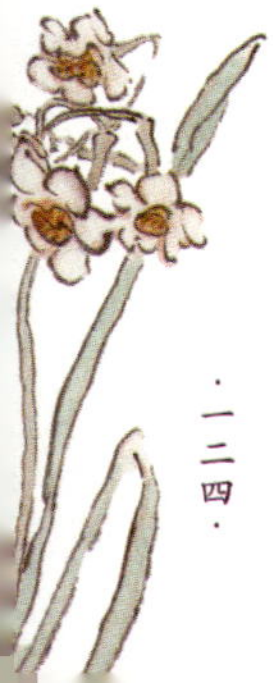

因念浮丘旧侣，惯瑶池、羽觞沈醉。
青鸾歌舞，铢衣摇曳，壶中天地。
飘堕人间，步虚声断，露寒风细。
抱素琴，独向银蟾影里，此怀难寄。

◎曾经与旧友在京城饮酒赏乐，如今只能在这宁静的烟村中蹉跎着时光。对月弹琴，一怀愁绪向谁诉？

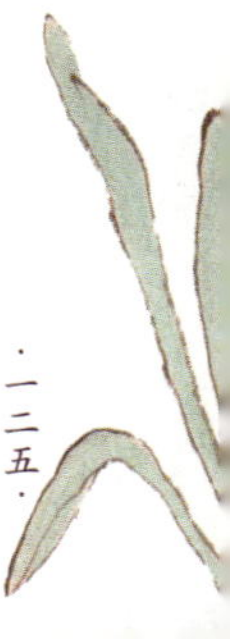

◎水调歌头·今夕定何夕

［宋］张元幹

今夕定何夕，秋水满东瓯。悲凉怀抱，
何事还倍去年愁。万里碧空如洗，
寒浸十分明月，帘卷玉波流。
非是经年别，一岁两中秋。

坐中庭，风露下，冷飔飔。
素娥无语相对，尊酒且迟留。
琴罢不堪幽怨，遥想三山影外，
人倚夜深楼。矫首望霄汉，
云海路悠悠。

◎张元幹，南宋词人，字仲宗，号芦川居士。长于词，著有《芦川归来集》。

◎一别经年，早已忘记了时光如何流转，只有心中的哀愁丝毫未减。听一曲瑶琴，却更添思念与幽怨。

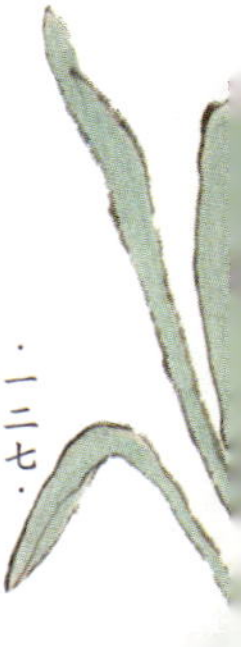

◎水调歌头·秋斋多梦谒

[宋] 吕渭老

壬寅九年，谒季修，题书室壁曰秋斋梦谒，复以进道韵续之。

秋斋多梦谒，舌本欲生烟。
独步一庭明月，雁字已横天。
作个生涯不遂，松竹雨荒三径，
却忆五湖船。小阮贫尤甚，犊鼻挂长竿。

白鸥汀，风共水，一生闲。

横琴唳鹤，要携妻子老云间。

灯火荧荧深夜，高卧南窗折几，杯到不留残。

莫遣江湖手，遮日向长安。

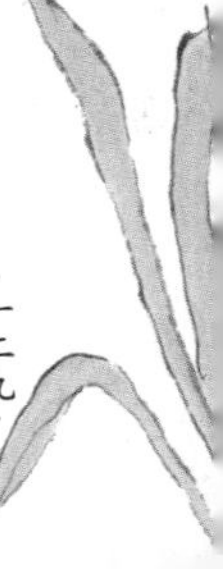

◎吕渭老，宋代词人。一作吕滨老，字圣求。其词风“婉媚深窈”，有《圣求词》传世。

◎秋夜无眠，徘徊月下思经年。叹时光易老，功名难遂。琴鹤知我志，愿归老山水间，悠闲度残年。

◎水调歌头·与李致远、似之、张柔直会饮

【宋】李纲

如意始身退，此事古难谐。中年醉饮，
多病闲去正当才。长爱兰亭公子，
弋钓溪山娱适，甘旨及朋侪。
衰疾卧江海，鸥鸟莫惊猜。

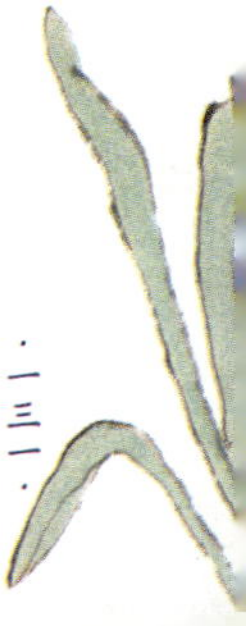

酒初熟，招我友，共一杯。碧天云卷，
高挂明月照人怀。我醉欲眠君去，
醉醒君如有意，依旧抱琴来。
尚有一壶酒，当复为君开。

◎李纲，宋代文人，字伯纪，号梁溪先生。著有《梁溪先生文集》等。

◎心有壮志未酬，奈何多病隐退。从此后，溪山闲钓，与故友寄情山水。幸好啊，还有知己同醉，以慰我心。

◎琴茶

【唐】白居易

兀兀寄形群动内，陶陶任性一生间。
自抛官后春多醉，不读书来老更闲。
琴里知闻唯渌水，茶中故旧是蒙山。
穷通行止常相伴，谁道吾今无往还？

◎远离宦海沉浮，迎来安闲逍遥的人生。煮一壶好茶，弹一曲《渌水》，安宁了我的心。而壮志难酬，依旧是我难以释怀的遗憾。

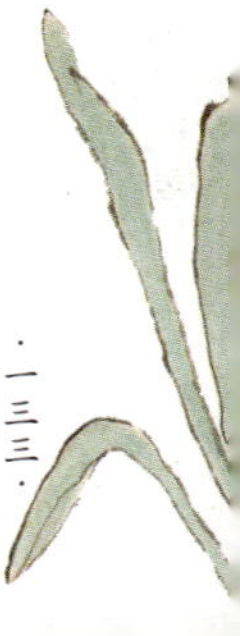

◎琴台

【唐】杜甫

司马相如宅在州西笮桥，北有琴台。

茂陵多病后，尚爱卓文君。
酒肆人间世，琴台日暮云。
野花留宝靥，蔓草见罗裙。
归凤求凰意，寥寥不复闻。

◎只因一曲《凤求凰》，与一抹如花笑靥，便成就了司马相如与卓文君的千古传奇。从此后，隐于酒肆间，抚琴看暮云，哪怕白首，情亦未移。如此动人的故事还会有吗？

◎琴歌

［唐］李颀

主人有酒欢今夕，请奏鸣琴广陵客。
月照城头乌半飞，霜凄万树风入衣。
铜炉华烛烛增辉，初弹渌水后楚妃。
一声已动物皆静，四座无言星欲稀。
清淮奉使千馀里，敢告云山从此始。

◎李颀，唐代诗人，擅长七言歌行、边塞诗。其诗风格豪放，慷慨悲凉，著有《李颀集》。

◎离别宴中，酒已半醺，琴师拨弦助兴。一声起，四周俱寂，四座无言，万物皆沉浸在这琴声里。

◎琴诗

【宋】苏轼

若言琴上有琴声，
放在匣中何不鸣？
若言声在指头上，
何不于君指上听？

◎美妙的琴声，随着灵动的指尖流淌于琴弦。一张好琴，一双巧手，缺一不可。

◎月夜听卢子顺弹琴

【唐】李白

闲坐夜明月，幽人弹素琴。
忽闻悲风调，宛若寒松吟。
白雪乱纤手，绿水清虚心。
钟期久已没，世上无知音。

◎清幽的月光下，美妙的琴音在你的指尖流淌，每一曲都是你的心事，亦洗涤了我的心灵。可惜世间已无钟子期，谁才是你的知音？

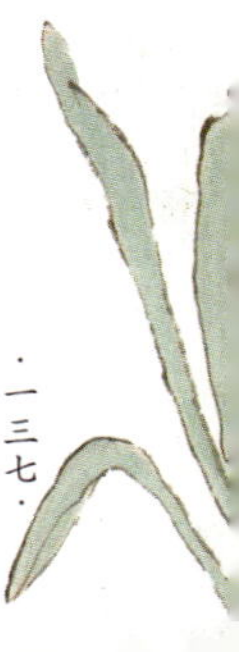

◎月夜江行

[唐] 权德舆

扣舷不能寐，浩露清衣襟。
弥伤孤舟夜，远结万里心。
幽兴惜瑶草，素怀寄鸣琴。
三奏月初上，寂寥寒江深。

◎权德舆，唐朝文学家，字载之。因为有才气，被唐德宗特召为太常博士。

◎夜深露重，孤舟远行，思乡的愁绪让我辗转难眠。只能将心事寄予琴音中，弹给明月寒江听。

◎有所思

［唐］卢仝

当时我醉美人家，美人颜色娇如花。

今日美人弃我去，青楼珠箔天之涯。

天涯娟娟姮娥月，三五二八盈又缺。

翠眉蝉鬓生别离，一望不见心断绝。

心断绝，几千里？

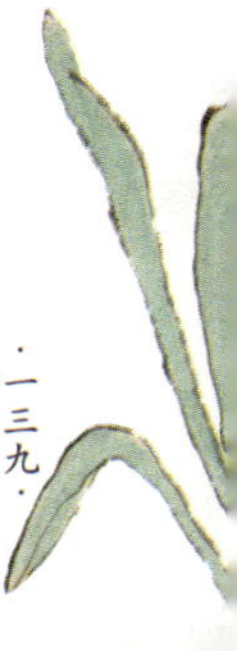

梦中醉卧巫山云，觉来泪滴湘江水。
湘江两岸花木深，美人不见愁人心。
含愁更奏绿绮琴，调高弦绝无知音。
美人兮美人，不知为暮雨兮为朝云。
相思一夜梅花发，忽到窗前疑是君。

◎卢仝，唐代诗人，自号玉川子。工诗精文，被尊称为“茶仙”，“韩孟诗派”重要人物。

◎时常想起为你心动时的场景，而如今你已远走天涯，音讯难觅。我将对你的思念弹进琴音，却无知音倾听。

◎长相思·花深深

【宋】陈东甫

花深深，柳阴阴。
度柳穿花觅信音。君心负妾心。
怨鸣琴，恨孤衾。
钿誓钗盟何处寻？当初谁料今。

◎陈东甫，宋代词人。生平不详。现存其词三首。

◎暖春时节，花娇柳媚，却温暖不了冰凉的心。琴声含怨，孤枕难眠，曾经的海誓山盟言犹在耳，为何如今负我心？

◎长相思三首·其二

［唐］李白

日色欲尽花含烟，月明欲素愁不眠。

赵瑟初停凤凰柱，蜀琴欲奏鸳鸯弦。

此曲有意无人传，愿随春风寄燕然。

忆君迢迢隔青天，昔日横波目，今作流泪泉。

不信妾断肠，归来看取明镜前。

◎暮色降临，我轻抚琴弦，将相思倾注琴声里。愿春风将琴声带去边关，让远方的他听见我的思念。

◎相思怨

【唐】李冶

人道海水深，不抵相思半。
海水尚有涯，相思渺无畔。
携琴上高楼，楼虚月华满。
弹著相思曲，弦肠一时断。

◎李冶，唐朝女诗人，字季兰。诗以五言擅长，多酬赠遣怀之作。

◎月光温柔地洒满楼台，女子轻抚琴弦，哀怨的琴音诉说着无尽的思念。肠断处，可有谁听？

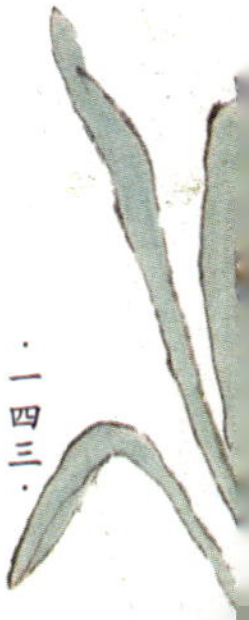

木兰花·梦相亲

【宋】贺铸

清琴再鼓求凰弄，紫陌屡盘骄马鞚。
远山眉样认心期，流水车音牵目送。
归来翠被和衣拥，醉解寒生钟鼓动。
此欢只许梦相亲，每向梦中还说梦。

◎《木兰花·梦相亲》：一作《梦相亲·木兰花》。

◎欲以琴声表相思意，她是否读懂了我的心事？我只能远望着她，让忧愁在心间缠绕。或许只能在梦中，向她诉说心意。

◎木兰花·燕鸿过后莺归去

【宋】晏殊

燕鸿过后莺归去。细算浮生千万绪。
长于春梦几多时，散似秋云无觅处。
闻琴解佩神仙侣。挽断罗衣留不住。
劝君莫作独醒人，烂醉花间应有数。

◎世间万物的规则千头万绪，虽有闻琴解佩之侣，亦逃不脱聚散无常。莫要做那独醒人，不如同醉吧。

◎登快阁

【宋】黄庭坚

痴儿了却公家事，快阁东西倚晚晴。
落木千山天远大，澄江一道月分明。
朱弦已为佳人绝，青眼聊因美酒横。
万里归船弄长笛，此心吾与白鸥盟。

◎了却凡尘俗事，登阁远望，看群山连绵，月照澄江。知音不在，我亦不再抚琴，只能饮酒解忧。愿乘舟归去，船上吹笛，此心寄予白鸥。

◎和重题

【唐】刘禹锡

林端落照尽，湖上远岚清。

水榭芝兰室，仙舟鱼鸟情。

人琴久寂寞，烟月若平生。

一泛钓璜处，再吟锵玉声。

◎夕阳渐尽，平静的湖面暮霭沉沉；水榭间，琴已蒙尘。是谁在泛舟垂钓，隽永了这段安闲时光。

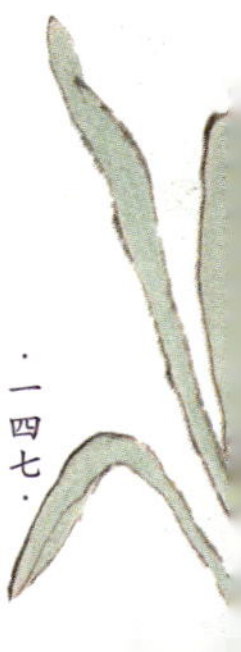

◎鹤冲天·白角簟

【宋】周邦彦

白角簟，碧纱厨。梅雨乍晴初。
谢家池畔正清虚，香散嫩芙蕖。
日流金，风解愠。一弄素琴歌舞。
慢摇纨扇诉花笺，吟待晚凉天。

◎梅雨初晴，池边的风吹来芙蓉的清香。春光正好，不如弄琴歌舞，偷得一日的悠闲。

◎鹧鸪天·惜别

［宋］严仁

一曲危弦断客肠。津桥捩柂转牙樯。
江心云带蒲帆重，楼上风吹粉泪香。
瑶草碧，柳芽黄。载将离恨过潇湘。
请君看取东流水，方识人间别意长。

◎严仁，字次山，号樵溪。工词，著有《清江欸乃集》。

◎琴音哀婉，牵动了谁的愁肠？帆随风动，大江东流，这一刻，懂得了何谓离愁。

◎生查子·烟雨晚晴天

【五代】魏承班

烟雨晚晴天，零落花无语。
难话此时心，梁燕双来去。
琴韵对薰风，有恨和情抚。
肠断断弦频，泪滴黄金缕。

◎魏承班，五代词人，许州人。工词，其词风艳丽似温庭筠。

◎烟雨中，落英缤纷。我心悲戚，羡梁上双燕。临风抚琴，欲将愁绪融入指尖，却曲不成调，泣不成声。

◎生查子·坠雨已辞云

〔宋〕晏几道

坠雨已辞云，流水难归浦。
遗恨几时休，心抵秋莲苦。
忍泪不能歌，试托哀弦语。
弦语愿相逢，知有相逢否。

◎离别后，方知相思最苦。满腹相思无人诉，只能寄托于哀怨的琴声里。此去经年，我们是否还能再相逢？

◎生查子·有觅词者为赋

［宋］辛弃疾

去年燕子来，帘幕深深处。

香径得泥归，都把琴书污。

今年燕子来，谁听呢喃语？

不见卷帘人，一阵黄昏雨。

◎燕子去了又来，琴书犹在，却已物是人非，芳踪难觅，窗外的雨落进了我的心里。

◎罢郡归洛阳闲居

【唐】刘禹锡

十年江海守，旦夕有归心。
及此西还日，空成东武吟。
花间数杯酒，月下一张琴。
闻说功名事，依前惜寸阴。

◎官场艰辛多年，终得闲居归隐，花间月下，饮酒抚琴，岁月悠然。闲谈时，天下事依旧在心中。

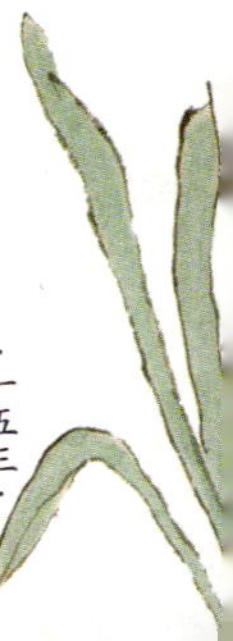

◎蜀桐

［唐］李商隐

玉垒高桐拂玉绳，
上含非雾下含冰。
枉教紫凤无栖处，
斫作秋琴弹《坏陵》。

◎李商隐，晚唐诗人，字义山，号玉溪生。和杜牧合称“小李杜”，著有《李义山诗集》。

◎那一株高桐，挺立于天地间，仿若能触及星辰。无紫凤来栖，于是被砍来制作秋琴，弹奏着悲伤的曲调。

◎田园乐七首·其七

【唐】王维

酌酒会临泉水，
抱琴好倚长松。
南园露葵朝折，
东谷黄粱夜春。

◎王维，唐朝诗人、画家，字摩诘，号摩诘居士。尤长五言，多咏山水田园，著有《王右丞集》等。

◎隐逸山林，于清泉边浅斟慢酌，醉后抱琴倚松。亲手耕种田园，自在悠闲。

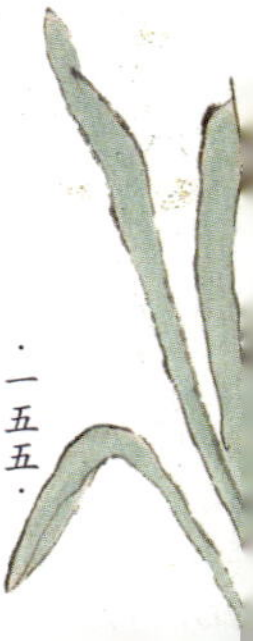

◎玉楼春·拂水双飞来去燕

［五代］顾敻

拂水双飞来去燕，曲槛小屏山六扇。
春愁凝思结眉心，绿绮懒调红锦荐。
话别情多声欲战，玉著痕留红粉面。
镇长独立到黄昏，却怕良宵频梦见。

◎顾敻，五代词人，生平不详。工词，其词风似温庭筠。

◎一缕愁思凝结于眉心，懒调琴弦随意弹。离别后，寸寸相思无人诉，不敢梦中见，只怕更相思。

◎蝶恋花·梦入江南烟水路

〔宋〕晏几道

梦入江南烟水路，行尽江南，不与离人遇。
睡里消魂无说处，觉来惆怅消魂误。
欲尽此情书尺素，浮雁沉鱼，终了无凭据。
却倚缓弦歌别绪，断肠移破秦筝柱。

◎梦中又回到江南，却始终无法找到你的踪迹。相思难寄，只能抚琴一曲，岂知琴声亦难抒相思苦。

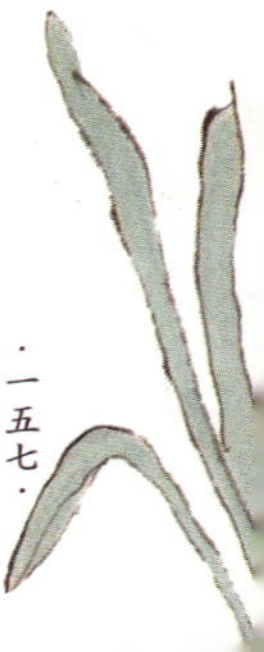

◎蝶恋花·河中作

【宋】赵鼎

尽日东风吹绿树。向晚轻寒，
数点催花雨。年少凄凉天付与，
更堪春思萦离绪。
临水高楼携酒处。曾倚哀弦，
歌断黄金缕。楼下水流何处去，
凭栏目送苍烟暮。

◎赵鼎，南宋政治家、文学家，字元镇，号得全居士。善文、诗、词，有《忠正德文集》等传世。

◎暮春时节更易伤景，况有离愁萦绕心头。欲饮酒弹琴以解忧，谁料更添愁。凭栏目送你的身影消失在烟波暮色中。

◎蝶恋花·几许伤春春复暮

【宋】贺铸

几许伤春春复暮。杨柳清阴，偏碍游丝度。

天际小山桃叶步，白苹花满湔裙处。

竟日微吟长短句。帘影灯昏，心寄胡琴语。

数点雨声风约住，朦胧淡月云来去。

◎暮春时候最易感伤，柳丝扰乱了我的思绪，关于你的往事都从记忆中苏醒。相思难寄，只能将思念弹进琴中，写进诗里。

◎缺题

【唐】刘禹锡

故人日已远，窗下尘满琴。
坐对一樽酒，恨多无力斟。
幕疏萤色迥，露重月华深。
万境与群籁，此时情岂任。

◎故人已远去，琴音弹与谁听？在这寂静的夜里，对月独酌，将思念埋藏心底。

◎虞美人·瑶琴一弄清商怨

【宋】蔡伸

瑶琴一弄清商怨，楼外桐阴转。

月会澄淡露华浓，寂寞小池烟水、冷芙蓉。

攀花撷翠当时事，绿叶同心字。

有情还解忆人无，过尽寒沙新雁、甚无书。

◎一曲哀婉琴音，暗淡了月色，冷清了芙蓉。从此你便成了我心头的痣，引起我无限的相思。

◎虞美人·倚窗人似莺藏柳

［宋］向子諲

绮窗人似莺藏柳，巧语春心透。
声声清切入人深，
一夜不知两鬓、雪霜侵。
何时月下歌金缕，醉看行云住。
懒将幽恨寄瑶琴，
却倩金笼鹦鹉、递芳音。

◎向子諲，宋代词人，字伯恭，自号芗林居士。词风清远、豪放，今存《酒边词》等。

◎一夜无眠，心中愁绪无人诉。月下徘徊，欲将幽恨藏进琴音里，却被笼中鹦鹉道破了心事。

◎齐天乐·庚郎先自吟《愁赋》

【宋】姜夔

丙辰岁，与张功父会饮张达可之堂。闻屋壁间蟋蟀有声，功父约予同赋，以授歌者。功父先成，辞甚美。予裴回末利花间，仰见秋月，顿起幽思，寻亦得此。蟋蟀，中都呼为促织，善斗。好事者或以三二十万钱致一枚，镂象齿为楼观以贮之。

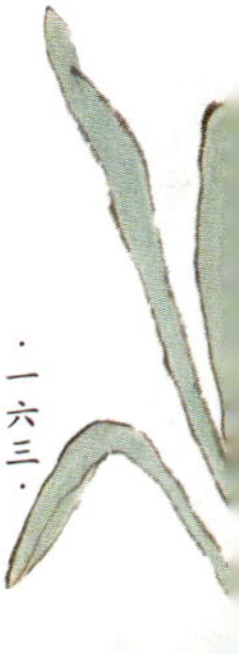

庚郎先自吟《愁赋》，凄凄更闻私语。
露湿铜铺，苔侵石井，都是曾听伊处。
哀音似诉。正思妇无眠，起寻机杼。
曲曲屏山，夜凉独自甚情绪？

西窗又吹暗雨，为谁频断续，
相和砧杵。候馆迎秋，离宫吊月，
别有伤心无数。豳诗漫与。
笑篱落呼灯，世间儿女。写入琴丝，
一声声更苦。

◎姜夔，南宋文学家、音乐家。字尧章，号白石道人。其作品空灵含蓄，有《白石道人诗集》等传世。

◎伴随着蟋蟀声声私语，思妇无眠，为远方的夫君织布缝衣。世人不懂蟋蟀见证了人间多少苦楚，若将其声编成琴音，必定更加悲苦。

◎西北有高楼

《古诗十九首》

西北有高楼，上与浮云齐。
交疏结绮窗，阿阁三重阶。
上有弦歌声，音响一何悲！
谁能为此曲，无乃杞梁妻。

清商随风发，中曲正徘徊。
一弹再三叹，慷慨有余哀。
不惜歌者苦，但伤知音稀。
愿为双鸿鹄，奋翅起高飞。

◎《古诗十九首》是中国古代文人五言诗选辑，由南朝萧统从传世无名氏古诗中选录十九首编入《文选》而成。

◎听，高楼之上有琴音传来，婉转哀怨。不知歌者为何哀愁，我愿为知音，为她解忧。

◎西平乐·小石

[宋] 周邦彦

元丰初，予以布衣西上，过天长道中。后四十余年，辛丑正月，避贼复游故地。感叹岁月，偶成此词。

稚柳苏晴，故溪歇雨，川迥未觉春赊。
驼褐寒侵，正怜初日，轻阴抵死须遮。
叹事逐孤鸿尽去，身与塘蒲共晚，
争知向此，征途迢递，伫立尘沙。
念朱颜翠发，曾到处，故地使人嗟。

道连三楚，天低四野，乔木依前，临路敧斜。
重慕想、东陵晦迹，彭泽归来，
左右琴书自乐，松菊相依，何况风流鬓未华。
多谢故人，亲驰郑驿，时倒融尊，
劝此淹留，共过芳时，翻令倦客思家。

◎于世间蹉跎半生，未知前路何方，叹时光飞逝，岁月催人老。故地重游，唯愿与琴书松菊相伴，惜故人，思故乡。

◎题玉泉溪

【唐】湘驿女子

红叶醉秋色，
碧溪弹夜弦。
佳期不可再，
风雨杳如年。

◎湘驿女子，唐代诗人，生平不详。其诗《题玉泉溪》在诸多文学作品中均有记录，《全唐诗》作者亦将此诗选编于内。

◎秋色正浓，清夜，伴着潺潺溪声轻抚琴弦。往日时光不断在心头重现，思念让时间更漫长。

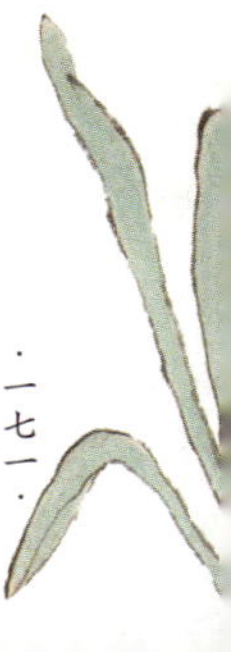

◎题李亮功家周昉《画美人琴阮图》

【宋】黄庭坚

周昉富贵女，衣饰新旧兼。

髻重发根急，妆薄无意添。

琴阮相与娱，听弦不观手。

敷腴竹马郎，跨马欲折柳。

◎美人抚琴弄阮，赏心悦目，余音绕梁。奈何这婉转琴音，留不住即将远行的少年郎。

◎船夜援琴

【唐】白居易

鸟栖鱼不动，月照夜江深。
身外都无事，舟中只有琴。
七弦为益友，两耳是知音。
心静即声淡，其间无古今。

◎夜已深，清朗的月光照进幽深的江面。以琴为友，在婉转的琴音中与自己对话，不去想何谓古，何谓今。

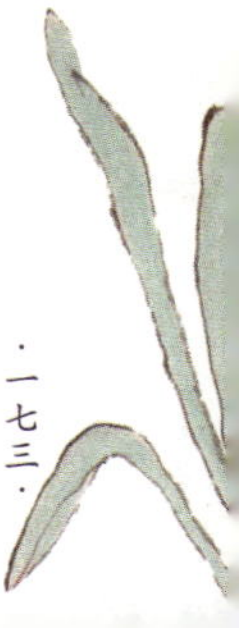

◎竹窗闻风寄苗发司空曙

[唐] 李益

微风惊暮坐，临牖思悠哉。
开门复动竹，疑是故人来。
时滴枝上露，稍沾阶下苔。
何当一入幌，为拂绿琴埃。

◎李益，唐代诗人，字君虞。以边塞诗作名世，代表作有《塞下曲三首》等。

◎暮色下，我临窗而坐，思绪飘飞。微风吹动了竹林，还以为是故人来访。叹微风何不吹散琴上尘埃，让我以琴音寄去思念。

◎竹里馆

［唐］王维

独坐幽篁里，
弹琴复长啸。
深林人不知，
明月来相照。

◎幽深的竹林中，杳无人迹。静坐弹琴，情动时以歌声长啸相和。如此安闲的夜，只有明月与我相伴。

◎自叙

［唐］杜荀鹤

酒瓮琴书伴病身，熟谙时事乐于贫。

宁为宇宙闲吟客，怕作乾坤窃禄人。

诗旨未能忘救物，世情奈值不容真。

平生肺腑无言处，白发吾唐一逸人。

◎杜荀鹤，唐代诗人，字彦之，号九华山人。其诗作平易自然，清新秀逸，著有《唐风集》。

◎我宁愿安守清贫，也不愿追求世俗的功名利禄。世情艰险，难容真心，肺腑之言，无处诉说。不如隐逸山林，与酒瓮琴书为伴，闲度半世。

◎赤枣子·惊晓漏

【清】纳兰性德

惊晓漏，护春眠。
格外娇慵只自怜。
寄语酿花风日好，
绿窗来与上琴弦。

◎清晨，滴漏声扰了我的美梦。推开窗，春风送暖，姹紫嫣红开遍。抚一曲琴，付与明媚春光。

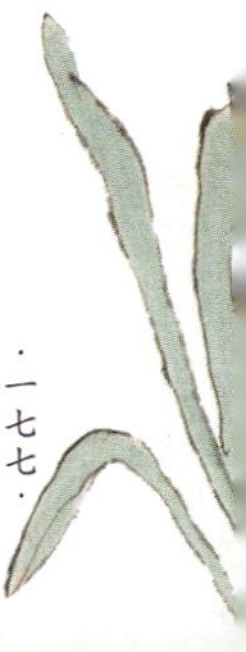

◎解语花·云容冱雪

[宋] 施岳

云容冱(hù)雪，暮色添寒，楼台共临眺。
翠丛深窅(yǎo)。无人处、数蕊弄春犹小。
幽姿谩好。遥相望、含情一笑。
花解语，因甚无言，心事应难表。

莫待墙阴暗老。称琴边月夜，笛里霜晓。
护香须早。东风度、咫尺画阑琼沼。
归来梦绕。歌云坠、依然惊觉。
想恁时，小几银屏冷未了。

◎施岳，宋代词人，字仲山，号梅川。精于音律，所作词今仅见存于绝妙好词中的六首。

◎雪中，登高望远，几枝梅花浅藏于绿草丛中。在我心中，你不该静默开于墙角，而应盛开于月光之下，琴笛声里。

◎酬张少府

［唐］王维

晚年唯好静，万事不关心。
自顾无长策，空知返旧林。
松风吹解带，山月照弹琴。
君问穷通理，渔歌入浦深。

◎人生步入晚年，凡尘俗事皆不关心。唯愿归隐山林，朗月清风，弹琴垂钓，何必穷探通理。

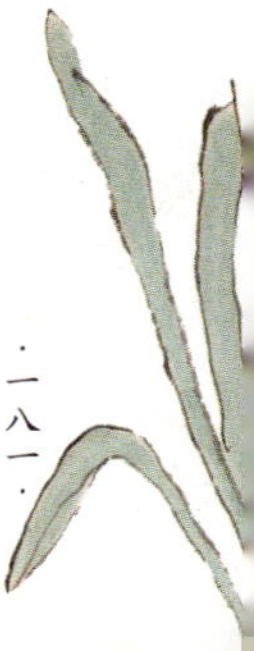

◎酬比部杨员外暮宿琴台朝跻书阁率尔见赠之作

［唐］王维

旧简拂尘看，鸣琴候月弹。

桃源迷汉姓，松树有秦官。

空谷归人少，青山背日寒。

羡君栖隐处，遥望白云端。

◎幽居空谷，无人相扰，有青山明月相伴，诗书素琴为伍，这样的生活正是我向往的。

◎醉翁操·琅然

【宋】苏轼

琅然，清圆，谁弹，响空山。
无言，惟翁醉中知其天。
月明风露娟娟，人未眠。
荷蒉过山前，曰有心也哉此贤。

醉翁啸咏，声和流泉。

醉翁去后，空有朝吟夜怨。

山有时而童颠，水有时而回川。

思翁无岁年，翁今为飞仙。

此意在人间，试听徽外三两弦。

◎是谁，拨动了琴弦，优美的琴音响彻空山。昔日我抚琴时，唯有醉翁（欧阳修）知我琴意。如今知音已去，还有谁能倾听这琴音。

◎朝中措·蜀弦秦柱不关情

【清】纳兰性德

蜀弦秦柱不关情，尽日掩云屏。
已惜轻翎退粉，更嫌弱絮为萍。
东风多事，余寒吹散，烘暖微醒。
看尽一帘红雨，为谁亲系花铃。

◎琴音婉转，却难以牵动我的心，只因有愁情在心头缠绕。春风吹散了料峭寒意，又有谁怜惜帘外飘落的花雨。

◎船夜援琴

【唐】白居易

鸟栖鱼不动，月照夜江深。

身外都无事，舟中只有琴。

七弦为益友，两耳是知音。

心静即声淡，其间无古今。